TODOS LOS COLORES DE LA PAZ

Gianni Rodari

TODOS LOS COLORES DE LA PAZ

Ilustraciones de Serena **Mabilia**

Traducción de David **León Gómez**

Título original: TUTTI I COLORI DELLA PACE de Gianni Rodari
Con ilustraciones de Serena Mabilia

Las poesías de las páginas 9, 19, 21 y 24 están sacadas de *Filastrocche in cielo e in terra* (1960); las poesías y el cuento de las páginas 26, 30, 35 y 38, de *Il libro degli errori* (1964); los cuentos y poesías de las páginas 43 y 46, de *Il libro dei perché* (1984); la poesía de la página 48, de *Il secondo libro delle filastrocche* (1985); las de laspáginas 52, 54 y 58, de *Prime fiabe e filastrocche* (1990); las de las páginas 59, 61 y 65, de *Filastrocche lunghe e corte* (1981); las de las páginas 69 y 71, de *Filastrocche per tutto l'anno* (1986); los cuentos de las páginas 75, 78, 82 y 88, de *Favole al telefono* (1962); el de la página 95, de *Fiabe lunghe un sorriso* (1987), y el de la página 101, de *Venti storie più una* (1969).

Ganduxer 5, Local 6 – 08021 Barcelona
www.bold-letters.com
info@bold-letters.com
Instagram: @boldletterseditorial
Traducción a cargo de David León (La Letra, S. L.)
Adaptación, corrección y realización en castellano: La Letra, S. L.

Primera edición: setiembre de 2025
ISBN: 978-84-18246-94-4

Depósito legal: B 14700-2025

Impresión: Arlequín BCN
Impreso en España
Esta edición utiliza papeles fabricados con fibras naturales, renovables y reciclables a partir de maderas procedentes de bosques que se acogen a un sistema de explotación sostenible.

PEFC Certificado
Este producto procede de bosques gestionados de forma sostenible y fuentes controladas
PEFC
PEFC/14-38-00330
www.pefc.es

PEQUEÑA INTRODUCCIÓN

Gianni Rodari, el autor de esta antología, no solo oyó hablar de la guerra, ¡sino que la vivió en primera persona!

Nació en Italia, poco después de que terminara la Primera Guerra Mundial, a la que llamaron la Gran Guerra. Creció durante una dictadura, y cuando tenía solo veinte años... estalló la Segunda Guerra Mundial. Por problemas de salud se libró de ir al frente. Desde luego aquella no era su guerra, pero cuando tuvo la oportunidad, decidió que sí, que lucharía... contra quienes habían provocado esa guerra. Él y sus compañeros solo deseaban una cosa: paz, justicia y libertad.

Con el tiempo, empezó a escribir para adultos y niños. Y en sus cuentos, en sus poemas, en todo lo que escribía, siguió hablando de paz, justicia y libertad.

Estas son sus palabras para convencer a todos los niños y las niñas del mundo de que siempre es mucho mejor hacer las paces... antes que empezar una guerra.

Las editoras

ÍNDICE

UNA CUESTIÓN DE ORTOGRAFÍA

—¿Dónde va, señor cartero,
en bicicleta y tan ligero?

—Ha llegado de repente
una carta que es urgente.

—Corra entonces, corra allá;
pero diga: ¿de qué va?

—Dice: «Madre, no te dé pena
si no estoy para la cena:

en la cárcel me retienen
por pintar en las paredes.

No es ninguna fechoría;
para mí que se entendía...

Escribí por la ciudad:
"Que haya paz y libertad".

Pero un fallo sí que tuve:
puse *libertad* con *v*.

Por eso, te ruego por favor:
ve y corrige tú ese error.

Y a la siguiente, madre mía,
mejoraré mi ortografía.»

TRAS LA LLUVIA

Tras la lluvia viene el buen tiempo
y el arcoíris brilla en el cielo.

Es como un puente embanderado
por donde el sol pasa encantado.

Qué bonito es mirar en lo alto
sus banderas de azul y encarnado.

Pero lo ves —¿te das cuenta?—
solo después de una tormenta.

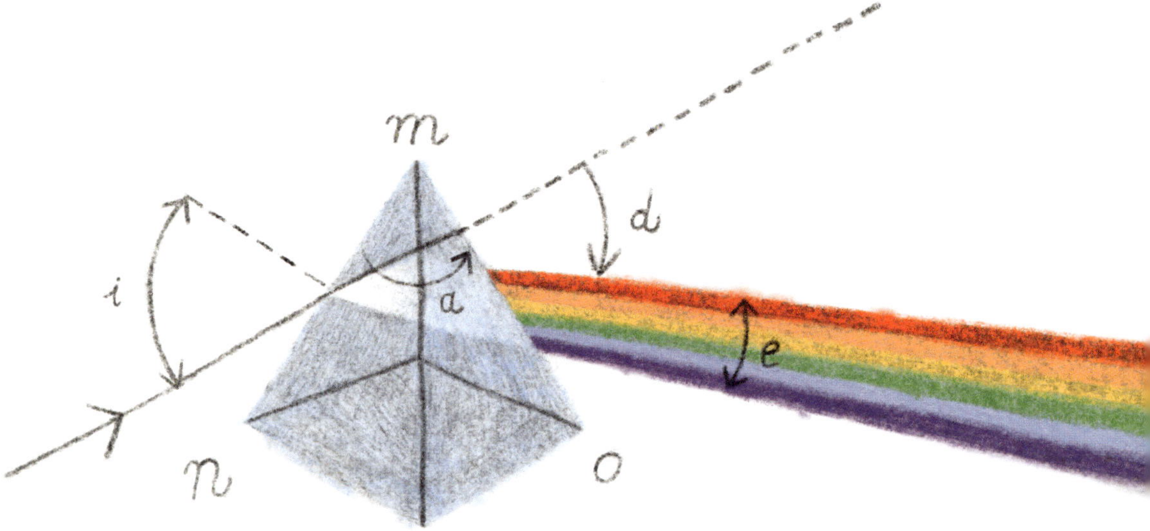

¿No sería mucho mejor
si no hiciera falta el chaparrón?

Un arcoíris sin el chubasco:
¡eso sí que sería un gran paso!

Sería una fiesta para toda la tierra
hacer la paz antes que la guerra.

LA LUNA DE KIEV

Quién sabe si la luna
de Kiev
será tan bonita
como la luna de Roma;
quién sabe si es la misma
o solo es su melliza.
«Pero ¡si soy solo una!
—protesta la luna—.
¿Crees que voy cambiando
(perdona que te reproche)
como tus gorros de noche?

Viajando en las alturas,
le doy luz a todo el mundo;
desde la India hasta Honduras,
del Tíber al mar del Norte,
mis rayos viajan
sin pasaporte.»

EL PERIODISTA

¡Oh, periodista, enviado especial!
¿Cuántas noticias nos puedes contar?

He estado en Norteamérica, en la China,
en Escocia, Suecia y Argentina,
entre los rusos y entre los polacos,
franceses, alemanes, lituanos y eslovacos.
He conversado con senegaleses,
con hotentotes y varios siameses;
vengo de Chile, de la India y del Congo,
de estar con la tribu de los bongo-bongos...

Y solo traigo una, ¿lo sabían?
¡Me van a echar por holgazanería!
Eso sí: la noticia es colosal.
Merece estar en un gran titular,
porque todos los pueblos de la tierra
le han declarado la guerra a la guerra.

EL PROFESOR Y LA BOMBA ATÓMICA

El profesor Gramático
oyó que alguien decía:
—La bomba de *hidrogeno*...
¿Quién sabe, tanta ruina causaría?

Nuestro buen profesor
le recriminó al punto:
—Esa bomba es pesada;
es muy serio el asunto;
todos sus megatones

la hacen algo tremendo.
No la haga más horrible
cambiándole el acento.

Le responde burlón,
el capitán de mente casquivana:
—¿Es que infrinjo la ley
por pronunciarla llana?

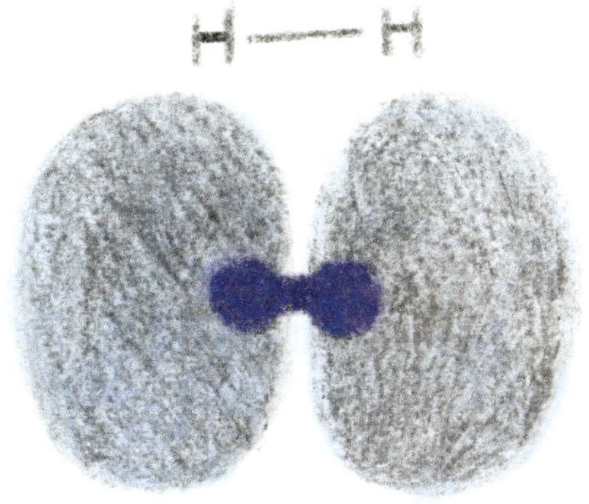

—No, señor mío; jugar
con eso es gran miseria:
sepa que química y ortografía
son disciplinas serias.

Al viejo gas hidrógeno
pídale usted perdón;
saque enseguida un lápiz:
póngale acento en la *o*.

Luego, saque la goma,
porque tengo una idea:
borrar las bombas H
que existan en la tierra.

EL CIELO ES DE TODOS

Que venga un sabio y me explique
la razón de este pensamiento:
el cielo es de quien lo mira,
de cada ojo es el firmamento.

Es mío si lo diviso,
es del niño y es del viejo,
es del rey y del hortelano,
del poeta y del basurero.

No existe pobre tan pobre
que del cielo no sea dueño.
El conejo asustón tiene
tanto como el león trigueño.

El cielo es de quien lo mira,
y cada ojo, sí señor,
se hace dueño de la luna,
de los cometas y del sol.

Cada ojo coge una cosa,
sin que nunca nada falte:
el último que lo mira
lo encuentra igual de brillante.

Que me expliquen, pues, los sabios,
sea en prosa, sea con rima,
por qué, si el cielo es solo uno,
la tierra está tan dividida.

LAS ARMAS DE LA ALEGRÍA

Estas de aquí son
las armas que a mí me gustan:
la pistola que hace *pum*
(o *bang*, según leo
en algún tebeo)
pero que no hace agujeros;

el cañón que, aunque dispara,
no hace que retiemble
ni siquiera el escritorio;
la escopetilla de aire
que a veces da en el blanco
sin que nadie esté apuntando,

pero no le haría daño
ni a una mosca ni a un miliciano...
Este que os cuento es feliz armamento;
el otro, mejor
lo mandáis con viento fresco.

DOS NACIONES

Érase una vez que había dos naciones: la República de Mengania y la de Zutania. Las dos existían desde hacía mucho tiempo, siglos incluso, y las dos eran colindantes. Los chiquillos de Mengania aprendían en la escuela que Mengania limitaba al oeste con Zutania, y ¡ay del que se olvidara! Los niños de Zutania aprendían que Zutania limitaba al este con Mengania y, si no respondían bien sobre este punto, les caía un buen suspenso.

Como podréis imaginar, a lo largo de los siglos, Mengania y Zutania se habían

enfrentado infinidad de veces y en una decena de guerras (y me quedo corto); primero con lanzas, luego con bombardas y después con cañones, aviones y carros blindados, etcétera. No es que menganos y zutanos se odiaran. De hecho, en tiempos de paz, los menganos corrían a Zutania a hacer turismo y no se cansaban de decir que era preciosa, y los zutanos pasaban las vacaciones en Mengania y estaban siempre allí la mar de a gusto.

Pero al estudiar historia en la escuela, los niños aprendían otras cosas de sus vecinos.

Los alumnos de Mengania leían en sus libros que todas las guerras habían estallado por culpa de Zutania.

Los alumnos de Zutania leían en sus libros que eran los menganos los que habían atacado su patria casi siempre.

Los alumnos de Zutania estudiaban: «En la célebre batalla de Piénsalo, los menganos emprendieron la huida de un modo vergonzoso».

Los alumnos de Mengania recitaban: «En la famosa batalla de Algomastarde, los zutanos sufrieron una derrota espantosa».

En los libros de historia de Mengania se enumeraban todas y cada una de las fechorías de los zutanos.

En los libros de historia de Zutania se recogía la serie completa de las barbaridades cometidas por los menganos.

A B C D E F G H
8 7 6 5 4 3 2 1
A B C D E F G H
8 7 6 5 4 3 2 1

Menudo lío, ¿verdad? Pero a mí no me miréis, que yo no tengo la culpa: esa era la situación entre aquellos dos países... y quizá también entre otros países en los que ahora mismo no caigo.

¿POR QUÉ SIEMPRE HACE FRÍO EN EL POLO NORTE?

Porque los rayos del sol llegan a los dos polos terrestres sesgados, es decir, inclinados. Los factores que determinan el clima, sin embargo, son muchos y algunos pueden modificarse por la mano del hombre. Así, pueden crearse mares donde hoy hay desiertos o bloquear estrechos e impedir que las aguas de los mares más fríos lleguen a otros mares.

Cosas así podrán hacerse cuando sea posible dedicar todas las energías de la humanidad a obras de paz.

Si llega un buen día en que alumbra
la paz como el sol en la tierra,
quizá hasta los polos se cubran
de margaritas y violetas.

En el país de los pingüinos
florecerán los tulipanes
y los osos, con sus ositos,
recogerán lirios del valle.

¿POR QUÉ QUIEREN IR A LA LUNA LOS CIENTÍFICOS?

Para ver de qué está hecha. Para ver de más cerca las estrellas. Para ver la Tierra, que, desde allí, parecerá una Luna de color azul. Y dirán:

Desde aquí se ve finalmente
lo pequeña que es la Tierra:
no es sitio para la guerra;
mejor que en paz esté su gente.

RECORDATORIO

Hay cosas que hay que hacer todos los días:
lavarse, estudiar o jugar;
también poner la mesa
a mediodía.

Hay otras que hacer siempre por la noche:
cerrar los ojos y dormir,
tener sueños que soñar
y orejas para no escuchar.

Y las hay que no hay que hacerlas jamás,
ni por el día ni por la noche,
ni por mar ni por tierra.
Como la guerra.

EL BOMBERO

No sé si lo sabréis, pero el bombero,
está hecho un domador de los primeros.
Doma al fuego, feroz como un tigrazo,
para que no dé ni un zarpazo.
«Yo le quito con la manguera
tantas ganas de dar morcilla
y lo apago cuando yo quiera
como se apaga una cerilla.

»Pero hay un incendio
que me quita el sueño;

ni mi hacha consigue
cortarlo, no sirve.
Es la guerra, que puede, en un segundo,
quemar de un polo al otro todo el mundo.
¡Tengo una idea! ¿Sabéis lo que haremos?
Todos juntos lo apagaremos.
¡La humanidad entera,
convertida en bombera!

QUERIDO BARQUITO

—Querido barquito, que surcas el mar,
dime qué cosas puedes llevar.

—Llevo mil viajeros, mi tripulación,
y cargo cien sacos de carbón,
llevo tres chalupas, también una lancha
y un capitán de cintura ancha.

Corro, suba quien se suba,
desde la China hasta Cuba.

La tempestad y el tifón,
me hacen cosquillas en el timón.

Pero, si algún día tengo mala sombra
y cargan en mí cañones y bombas,
lo tengo muy claro; deja que te explique:
¡yo solito me voy a pique!

CANCIONCILLA LOCA

Todo el mundo está como una chota:
el botijo es hijo de una bota
y el del ladrón, el ladrillo;
en auto viaja el autillo,
al humo le falta humor,
el loco quiere ser locutor,
y el más loco de la tierra,
¿sabéis qué quiere? ¡Hacer la guerra!

CANCIONCILLA BURLONA

Mi cancioncilla burlona
divierte a cualquier persona.
Si la subida fuese hacia abajo,
si el monte tuviera falda y refajo,
si todas las escaleras fueran de bajada,
y corriese hacia arriba la riada;

si crecieran panes en las ramas
y frutas en mi pijama;
si los días de tormenta
llovieran caramelos de menta,
piruletas y adhesivos;
si todos los días fueran festivos,

si me hicieran un monumento,
aún no estaría contento.
Primero quiero ver arrojar
todo armamento al fondo del mar.

SEMÁFORO EN ROJO

Un semáforo en rojo:
¡no se pasa!

Tiene prisa el expreso:
«No me espero; ¡antes preso!

Soy un tren especial.
¡Cambia ya la señal!».

La luz roja, callada,
mira la noche cerrada.

«Llevo a bordo un duque
y una excelencia:
hacer que me detenga
es una impertinencia.»

Y el semáforo en rojo, sin premura,
mira la noche oscura.

«Voy a quejarme al jefe de estación;
pondré reclamación:

Hacer que me detenga, ¡qué desplante!
Llevo a bordo ministros y almirantes.»

Y pita y echa humo con enojo,
pero no le hace caso el semáforo en rojo.

Así, si un día, por tierra o por mar,
el tren de la guerra se empeña en pasar,

gritaremos con calma:
«Un semáforo en rojo.
¡Y no pasa ni un alma!».

CANCIÓN DE LAS PALABRAS

A las palabras les voy a cantar.
¡Paso adelante quien quiera bailar!
De ellas traigo la cabeza llena;
aquí lleváis dos: *luna* y *ballena*.
Tengo palabras rebuscadas
(artificiosas, alambicadas).
Las más bonitas, en el corazón;
¿las oyes latir? *Mamá*, *pasión*.
Hay palabras para los amigos:
Me alegro de verte, *¿Juegas conmigo?*
Palabras hermosas, también bonachonas,

para toda clase de personas.
Y la más dañina de toda la tierra,
palabra que odio: la palabra *guerra*.
Compasión no pienso tener;
trae una goma, que la borraré.

EL VENDEDOR DE PERIÓDICOS

—Vendedor, que vendes diarios,
¿traes hoy sucesos extraordinarios?
—Hay mil noticias por lo que escucho:
¡un día completo da para mucho!
Hay toda clase de informaciones:
de terremotos y hasta tifones,
sobre impuestos y más desventuras
que les suceden a las criaturas.
Y siempre trae algo que ya no es noticia,
pues nunca ha cambiado, ¡es de justicia!
Está en las de ayer; también está en estas,

y en las de mañana saldrá. ¿Qué te apuestas?
En pocas palabras, verás que es veraz:
los pueblos del mundo quieren la paz.

21 DE MARZO

Una golondrina
(sí, sí: la primera)
me ha dicho hoy temprano:
¡que ya es primavera!
Sonríen las prímulas
del prado, ¡qué hermosas!,
y he visto, no miento,
ya tres mariposas.
Mientras la acaricio
le digo sin duelo:
—¡Ha llegado el día!
¡Vuela por el cielo!

Si a la humanidad,
como al prado que pisas
deseas que regresen
también las sonrisas,
otra golondrina
ha de regresar
de su largo exilio
más allá del mar.
La paz, golondrina
que vuela ligera:
esa es para el hombre
la primavera.

UNO Y SIETE

He conocido a un niño que era siete niños.

Vivía en Roma, se llamaba Paolo y su padre conducía un tranvía.

Pero vivía también en París, se llamaba Jean y su padre trabajaba en una fábrica de automóviles.

Pero vivía también en Berlín, y allí se llamaba Kurt y su padre era profesor de violonchelo.

Pero vivía también en Moscú, se llamaba Yuri, como Gagarin, el astronauta, y su padre era albañil y estudiaba matemáticas.

Pero vivía también en Nueva York, se llamaba Jimmy y su padre tenía una gasolinera.

¿Cuántos llevo? Cinco. Me faltan dos: uno se llamaba Zhu, vivía en Shanghái y su padre era pescador, y el último se llamaba Pablo, vivía en Buenos Aires y su padre encalaba casas.

Paolo, Jean, Kurt, Yuri, Jimmy, Zhu y Pablo eran siete, pero eran siempre el mismo niño que tenía ocho años, sabía ya leer y escribir y montaba en bicicleta sin poner las manos en el manillar.

Paolo era moreno, Jean rubio y Kurt castaño, pero eran el mismo niño. Yuri tenía la piel blanca y Zhu la tenía amarilla, pero eran el mismo niño. Pablo veía el cine en español y Jimmy en inglés, pero eran el mismo niño y se reían en la misma lengua.

Ahora han crecido los siete y nunca podrán hacerse la guerra, porque los siete son un solo hombre.

EL PUEBLO CON EL *DES* DELANTE

Juanito Pasaelrato era un gran viajero que un buen día, viaja que te viaja, fue a dar con el país con el *des* delante.

—Pero ¿qué clase de país es este? —preguntó a un ciudadano que tomaba el fresco debajo de un árbol.

El hombre, por toda respuesta, sacó del bolsillo un tapón de corcho y le tendió la palma de la mano para enseñárselo.

—¿Ve esto?

—Sí, es un tapón.

DES

—Pues se equivoca. Esto es un *destapón*, es decir, un tapón con el *des* delante. Sirve para abrir las botellas cuando uno tiene sed. Si no la destapa, ¡ya me dirá usted cómo bebe!

—Magnífico —dijo Juanito—. Cuénteme más cosas.

—Pues tenemos también el desperchero.

—Querrá usted decir *perchero*.

—El perchero no sirve de mucho si no tiene usted un abrigo que colgar en él; pero nuestro desperchero es otro cantar. Aquí no hay que colgar nada: está ya todo colgado. ¿Que necesita una chaqueta? Pues no tiene que comprarla: pasa por el desperchero y la coge sin más. Aquí hay despercheros de invierno y de verano, de señora y de caballero. ¡No sabe usted la de dinero que nos ahorramos!

—Una verdadera maravilla. Siga, siga.

—Tenemos cámaras desfotográficas, que en vez de fotografías hacen caricaturas. ¡Se divierte uno mucho más! Y también descañones.

—¡Ay, qué miedo!

—Ni mucho menos. El descañón es todo lo contrario del cañón y sirve para deshacer la guerra.

—¿Y cómo funciona?

—Es facilísimo: hasta un niño puede manejarlo. Si hay guerra, tocamos la descorneta, disparamos el descañón y, acto seguido, se deshace el conflicto.

¡Qué portento, el país con el *des* delante!

LA GUERRA DE LAS CAMPANAS

Érase una vez una guerra, una guerra grande y terrible que provocó la muerte de muchísimos soldados de un lado y otro. Nosotros estábamos en este lado y nuestros enemigos en aquel, y nos pasábamos el día y la noche disparándonos; pero la guerra era tan larga que llegó un momento en que nos quedamos sin bronce para los cañones, hierro para las bayonetas, etcétera. Nuestro comandante, el requetegeneral Marcial Bombavá Todoloarrasso, ordenó desmontar todas las campanas de los campanarios y fundirlas para fabricar un solo cañón, un cañón enorme, tan gigantesco que podría ganar la guerra de un solo disparo. Para levantarlo hicieron falta cien mil grúas y, para transportarlo hasta el frente, noventa y siete trenes. El requetegeneral se frotaba las manos de satisfacción y decía:

—Cuando dispare mi cañón, el enemigo echará a correr y no parará hasta llegar a la luna.

Llegó por fin el gran momento. Se colocó el cañonón apuntando al enemigo. Nos habíamos tapado los oídos con algodón para que el estruendo no nos destrozase los tímpanos ni las trompas de Eustaquio. El requetegeneral Marcial Bombavá Todoloarrasso ordenó entonces:

—¡Fuego!

Un artillero apretó el botón. Y, de pronto, de una punta a la otra del frente, se oyó un colosal repiqueteo: *¡Din, dan, don!* Todos nos quitamos el algodón de los oídos para oírlo mejor. *¡Din, dan, don!*, tronaba el cañonón.

Y por montes y valles repitieron cien mil ecos: *¡Din, dan, don!*

—¡Fuego! —gritó por segunda vez el requetegeneral—. ¡Fuego, caramba!

El artillero volvió a pulsar el botón y de nuevo se propagó de trinchera en trinchera un festivo concierto de campanas. Parecía que estuvieran doblando al unísono todas las campanas de nuestra patria. El requetegeneral

se mesaba los pelos de la rabia y no dejó de arrancárselos hasta que le quedó uno solo.

A continuación hubo un momento de silencio. Y hete aquí que, del otro lado del frente, como siguiendo una señal, respondió un *¡din, dan, don!* tan alegre como ensordecedor. Porque debéis saber que también el comandante enemigo, el recontramariscal Von Bazoviene Todoloarrassen, había tenido la idea de fabricar un cañonón con las campanas de su país.

¡Din, dan!, tronaba ahora nuestro cañón. *¡Don!*, respondía el del enemigo. Y los soldados de un ejército y del otro salían dando un brinco de las trincheras, corrían unos hacia los otros y se ponían a bailar y a gritar:

—¡Las campanas, las campanas! ¡Fiesta! ¡Ha estallado la paz!

El requetegeneral Bombavá y el recontramariscal Von Bazoviene subieron a sus vehículos y echaron a correr. Se alejaron tanto tanto que se les acabó el combustible, pero el repique de las campanas no se cansaba de perseguirlos.

EL POZO DE CASCINA PIANA

A mitad de camino entre Saronno y Legnano, al borde de un gran bosque, se encontraba Cascina Piana, que tenía en total tres casas de vecindad. Vivían en ellas once familias. Había un único pozo del que sacar agua y, además, era bastante extraño, porque en la garrucha por la que pasaba la soga no había ni cuerda ni cadena. Cada una de las once familias tenía colgada una soga al lado del cubo, y quien iba a coger agua la descolgaba, se la enrollaba en el brazo y la llevaba al pozo y, una vez que había hecho subir el cubo, volvía a llevársela diligentemente a casa. Un solo pozo y once sogas. Si no me creéis, id a informaros, que os contarán, como a mí me contaron, que aquellas once familias no hacían buenas migas precisamente ni dejaban de fastidiarse unas a otras, y que, antes que comprar entre todas una cadena hermosa y colocarla en la garrucha para que pudiera servirles a las once, habrían preferido cegar el pozo con tierra y dejar que lo cubriesen las malas hierbas.

Un día estalló la guerra, y los hombres de Cascina Piana marcharon al frente. Uno de los muchos encargos que dieron a sus mujeres antes de partir fue que guardaran a buen recaudo la soga familiar.

Luego se produjo la invasión alemana.

Los hombres estaban lejos y las mujeres tenían miedo, pero las once sogas se encontraban bien escondidas en las once casas.

Un día, un niño de Cascina Piana fue al bosque a coger un haz de leña y oyó un lamento que salía de un matorral. Al ver que era un guerrillero al que habían herido en una pierna, corrió a llamar a su madre. La mujer estaba aterrada y temblaba como un flan, pero dijo al fin:

—Lo llevaremos a casa y lo esconderemos. Es lo que querríamos que hicieran con tu padre, que está también en el frente, si algún día lo necesitara. Aunque, esté donde esté, ni siquiera sabemos si sigue vivo.

Escondieron al partisano en el granero

y fueron a llamar al médico con el pretexto de que la anciana abuela se encontraba indispuesta. Las demás mujeres de Cascina Piana, sin embargo, habían visto aquella misma mañana a la señora, más sana que una pera, y adivinaron que debía de haber gato encerrado. No habían pasado veinticuatro horas y todo el pueblo sabía ya que en aquel granero había un partisano herido, y un campesino ya muy mayor dijo:

—Esto tiene muy mala pinta. Como se enteren los alemanes, vendrán y nos matarán a todos.

Las mujeres, en cambio, lo veían de otro modo. Pensaban en los hombres de su familia, que tan lejos se encontraban, e, imaginando que también ellos podían estar heridos y necesitar un escondite, se deshacían en suspiros. Al tercer día, una de ellas cogió un salchichón del cerdo que acababa de matar y se lo llevó a Caterina, que era la mujer que había escondido al joven, diciéndole:

—El pobre tiene que coger fuerzas. Dele este salchichón.

Poco después llegó otra mujer con una botella de vino, luego una tercera con un saquito de harina de maíz para gachas y una cuarta con un pedazo de tocino, de manera

que al caer la tarde habían pasado ya por casa de Caterina todas las mujeres de Cascina Piana, habían visto al guerrillero y le habían llevado sus obsequios con lágrimas en los ojos.

Y, durante el tiempo que tardó en sanar la herida, las once familias trataron al partisano como a un hijo y se ocuparon de que no le faltase de nada. Una vez curado, el guerrillero salió al patio a tomar el sol, vio el pozo sin soga y se sorprendió muchísimo. Las vecinas, un poco avergonzadas, le dijeron que cada

familia tenía su propia soga, pero no fueron capaces de darle una explicación satisfactoria: para ello, tendrían que haberle dicho que las familias estaban enemistadas, cosa que ya no era verdad, porque habían sufrido juntas y juntas lo habían ayudado. Aunque todavía no lo supieran, se habían hecho amigas, hermanas, y ya no había motivo alguno para tener once cuerdas. Así que decidieron comprar una cadena con el dinero de todas las familias y ponerla en la garrucha. Y eso hicieron. El guerrillero se encargó de sacar con ella el primer cubo de agua. Fue como la inauguración de un monumento.

Aquella misma noche, el partisano, ya totalmente curado, regresó a los montes.

LA REBELIÓN DE LAS MÁQUINAS

Las máquinas se rebelaron porque no querían fabricar armas. ¿Sabéis cómo empezó la cosa? La primera en sublevarse fue una que hacía tubos de todos los tamaños: delgados como un dedo y tan gruesos como un cañón, como los que se usan en los acueductos.

Cuando le ordenaron que fabricase cañones, la máquina, sin inmutarse, siguió haciendo tubos para el agua.

—Pero, ¿cómo vamos a disparar —decían

coléricos los generales— con estos tubos, que solo sirven para hacer alcantarillas?

—¿Y para qué quieren ustedes disparar? —respondía la máquina sonriendo para sí.

Naturalmente, los generales no entendían aquellas palabras: solo entendían el vozarrón de los cañones. Y tampoco la veían sonreír, porque las máquinas no tienen boca con la que hacerlo: sonríen con sus engranajes.

La reemplazó una máquina que hacía clavos. Cuando le dijeron que fabricara proyectiles para fusil, siguió con su faena habitual sin darse por aludida.

—¡Arrea! —decían los generales—. ¿Cómo vamos a hacer la guerra con clavos? El enemigo los recogerá y los usará para reforzarse la suela de las botas.

La tercera debía fabricar pólvora y otras mezclas explosivas, pero se hizo la desentendida y siguió elaborando abono para el campo.

—¿Y qué quieren que hagamos con eso? —preguntaban los generales rascándose la cocorota—. ¿Lanzárselo al enemigo? Lo único que vamos a conseguir así, en vez de destruir sus ciudades, es fertilizar sus terrenos.

Intentaron castigar a las máquinas dejándolas sin aceite y sin agua. Ellas pasaban hambre, se debilitaban de forma evidente y se llenaban de óxido. Pero los operarios, que no estaban dispuestos a dejarlas morir, las repararon con mucho cariño, limpiando y lubricando cada uno de sus engranajes. Y, cuando los generales dieron la orden

de ponerlas a funcionar, ellas volvieron a producir, como antes, tubos, clavos y abono. Los generales se desesperaban al ver que no podían hacer la guerra, pero la gente, en cambio, estaba contenta. Cuando pasaba al lado de las fábricas, todo el mundo sonreía al oír cantar a las máquinas:

Capitán con tu gorra,
coge el fusil y vete a la porra.

LA ARMÓNICA DEL SOLDADO

Era una vez un soldado que volvía de la guerra absorto en sus reflexiones. «He pasado —pensaba— muchos años lejos de mi casa; he superado mil peligros; he mirado mil veces a la muerte a la cara, y, por si fuera poco, he perdido la paga por un agujero que tenía en el bolsillo. ¿Puede haber alguien más desgraciado que yo?»

En ese momento vio sentado en un mojón del camino a un vejete que decía con la mano tendida:

—Sea bueno, soldadito, y écheme dinerito.

El soldado se enfadó:

—Esto ya es recochineo. Le apuesto lo que quiera a que, si contamos lo que lleva cada uno en los bolsillos, es usted más rico que yo.

—¿Quiere intentarlo? —dijo el anciano.

—Pues claro. ¿Nos repartimos a medias lo que encuentre cada uno?

—Trato hecho: a medias.

El soldado tenía muy claro que saldría ganando. «No tengo nada —pensaba—, y él, si ha estado pidiendo limosna, algo debe de llevar encima». El vejete revolvió en todos sus bolsillos sin sacar otra cosa que una armónica, tan pequeña que bastaban tres dedos para sostenerla. El soldado registró también los suyos: los de los pantalones y los de la chaqueta; y hete aquí que de un bolsillo diminuto fue a saltar una moneda de plata.

—Y esta, ¿de dónde sale? Es para mondarse. Llevo dos días sin comer porque he perdido la paga y resulta que guardaba todo un tesoro.

—¿Ve usted? —dijo el abuelete.

—Pues no sé qué decirle. Pero un trato es un trato. Habíamos dicho a medias y a medias ha de ser. Ahí veo una fonda. Venga conmigo: comeremos algo y le daré su parte.

Y allá que fueron. Comieron, bebieron y el vejete tocó una cancioncilla con la armónica.

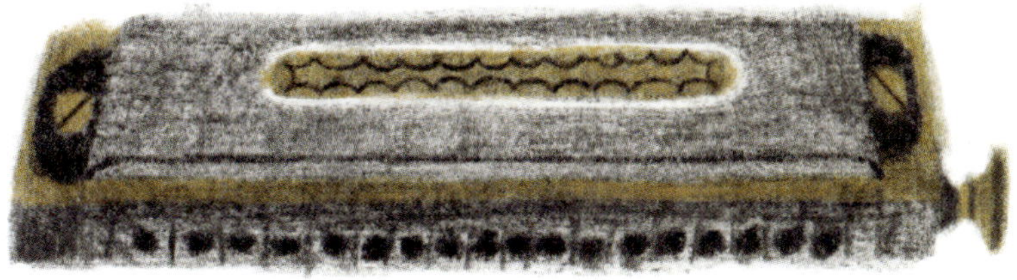

Estaban los dos muy alegres. Antes de retomar su camino, dijo el soldado:

—Aquí tiene lo que ha sobrado. Quédeselo todo, que yo ya he tenido bastante.

—No, no: todo es demasiado. Vayamos a medias, que en eso hemos quedado.

—He dicho todo y no pienso bajarme del burro. Tenga. Antes de que caiga la tarde habré llegado a mi casa, y allí no me faltará de nada.

—Como quiera. Pero, a cambio, quiero darle mi armónica.

—Gracias. Se la acepto encantado. Un poco de música hará más corto mi camino.

El soldado se la metió en el bolsillo, se despidió del vejete y se marchó. Estaba por ponerse el sol cuando se detuvo a recoger bayas en un bosque con la intención de aplacar la sed, y detrás de un matorral descubrió a tres maleantes agazapados. Iban armados hasta los dientes. «¡Ay, mi madre! ¡Salteadores!», pensó. Uno de los tres lo miró con gesto feroz.

—¡Fuera de aquí, soldado! —le espetó—. Se te ve de lejos que no tienes donde caerte muerto y de ti no queremos nada. Vete de aquí y ocúpate de tus asuntos.

Él se alejó como alma que lleva el diablo. Estaba llegando de nuevo al camino cuando vio acercarse una diligencia a gran velocidad. El cochero hacía restallar la fusta, los cascabeles de los caballos tintineaban y ninguno de los viajeros podía sospechar siquiera el peligro que los acechaba.

«Los van a asaltar los bandidos —pensó el soldado—. ¿Y qué puedo hacer yo? Tampoco es que sea cosa mía. —Se metió las manos en los bolsillos con la intención de hacerse el indiferente y dio con el instrumento del vejete—. Eso mismo: soy el típico soldado que se ocupa de sus asuntos tocando la armónica.» Dicho y hecho: se la llevó a la boca para interpretar una cancioncilla alegre.

Instantes después, salieron los salteadores de detrás de los arbustos, apuntando con las armas y gritando:

—¡Alto! ¡Quieto todo el mundo! ¡La bolsa o la vida!

El cochero detuvo a los caballos. El soldado seguía tocando como si no pasara nada. Y en ese momento ocurrió algo extraño: los bandidos se miraron unos a otros como si hubieran olvidado qué estaban haciendo allí. Uno de ellos se inclinó, corrió a recoger unas margaritas y se las ofreció a una señora que había asomado el rostro aterrado por la ventanilla de la diligencia.

—Buenas tardes tenga usted, distinguida dama —le dijo.

De pronto, también sus compañeros se pusieron a recolectar florecillas para entregárselas a las señoras, mientras que a los caballeros los convidaban a beber de sus cantimploras. Al cochero, que los miraba pasmado, le dieron una moneda de plata. Y todo el tiempo estuvieron quitándose el sombrero y saludando a todos con grandes zalemas.

«Nunca he visto salteadores más raros —pensaba el soldado mientras tanto, sin dejar de tocar—. Hace un momento daban la impresión de querer comerme vivo. En fin, no es asunto mío.»

La diligencia volvió a emprender camino entre los aplausos y demás saludos galantes de los bandidos.

Era casi de noche cuando llegó a su tierra el soldado. Delante justo de la primera casa vio a dos hombres que reñían con furia. Cada uno de ellos blandía una daga y parecía dispuesto a hacer pedazos al otro.

El soldado volvió a llevarse el instrumento a la boca. «No es nada que me incumba, ni tampoco quisiera que mañana me llamasen para dar testimonio. Yo voy adonde me lleven mis pies tocando la armónica y no quiero tener nada que ver en asuntos ajenos.»

Sin embargo, en cuanto se oyeron las primeras notas de su canción, los dos en discordia dejaron caer las armas y se abalanzaron uno hacia el otro. Las mujeres chillaron de miedo.

—¡Que se matan! ¡Que se matan!

¡Qué va! ¡Se habían abrazado y se estaban jurando amistad eterna!

«Bien está lo que bien acaba», pensó el soldado.

Llegó a su casa bien contento, abrazó a su mujer y a sus chicuelos, cenó con buen apetito y se estaba preparando para pasar la primera noche con su familia, delante de la chimenea, cuando se presentó una vecina a reclamar un gallo.

—¿Y por qué iba a saber yo nada de tu gallo? —preguntó la mujer del soldado.

—¡Porque me lo has robado tú!

—¿Me estás llamando ladrona? ¡Cuida esa boca!

—Ladrona y embustera.

Estaban a punto de pasar de las palabras a las manos cuando el soldado se puso a soplar la armónica con aire distraído.

La vecina se volvió de pronto suave como la seda: *querida mía* por aquí, *querida mía* por allá... No se cansaba de excusarse. Jamás se habían visto dos amigas más íntimas.

Esta vez, el soldado entendió lo que estaba ocurriendo: la armónica del vejete debía de estar hechizada, porque quien la oía se convertía de inmediato en un ser pacífico y amable, por más que un segundo antes hubiese sido capaz de degollar a su hermano. «No es una armónica —pensó—, sino un buscapaces.»

Aquel descubrimiento lo alegró muchísimo, aunque decidió no decirle nada a nadie por miedo a que la armónica perdiese sus virtudes y lo dejara en ridículo.

Los días posteriores, cada vez que veía la ocasión, ponía a prueba aquel instrumento milagroso suyo. Así pudo descubrir algo más extraño todavía: la armónica no solo servía para refrenar a quienes se enfrentaban, componer discordias y sustituir por gentilezas los desaires y las malas palabras en el momento en que se producía la disputa, sino que quien la escuchaba una vez cambiaba de carácter para siempre, cosa que maravillaba a quienes lo conocían, que ni siquiera podían sospechar el motivo de aquella transformación.

El soldado comenzó a reflexionar: «Cuando consiga que todos los de mi pueblo se vuelvan buenos y generosos, sería conveniente salir de viaje para curar a otra gente con la armónica. Pero ¿qué voy a decirle a mi mujer? ¿Cómo voy a justificarme?

Al final decidió comprar un carro y ciertas mercancías —algodón, agujas, cintas, cordones, pantuflas de lana, hilo...—, y se dedicó a recorrer los pueblos como un mercader cualquiera. Aun así, allí donde llegaba, se ponía enseguida a tocar la armónica.

Las mujeres se reían.

—Es astuto el fulano: nos anima con la musiquita y nos saca los cuartos al compás de sus canciones.

Él también se reía, pero no dejaba ningún municipio si antes no había recorrido todas sus calles, si no se había detenido a tocar una humilde serenata en todos los patios de vecinos, al lado de los setos de los huertos, debajo de los balcones de las casas de recreo y, en definitiva, allí donde pudiera haber quien lo escuchase. Cuando hubo tocado en todas las regiones de los aledaños, se fue a la ciudad.

Era la primera vez que la visitaba, y nunca se la habría imaginado tan grande. Tampoco sabía que fuese tan ruidosa. Los tranvías se perseguían con furia por los carriles. Los automóviles parecían querer darse caza de

calle en calle, sin apenas detenerse si no era unos segundos en los semáforos. El soldado, que había dejado su carro en un patio de la periferia, vagaba desorientado de un barrio a otro. De vez en cuando se llevaba la armónica a la boca y empezaba a tocar con timidez alguna cancioncilla. Quién sabe por qué, lo único que le acudía a la mente eran siempre sones tristes y melancólicos. El penoso suspiro del instrumento se perdía en el murmullo de la gente y el estruendo del tráfico.

Podía darse por contento si lo percibían los peatones que pasaban por la acera y se chocaban con el soldado.

«¡Vaya! Ese me ha pedido perdón: seguro que ha oído la armónica.» Había quien, confundiéndolo con un mendigo, le ponía una moneda en la mano antes de alejarse con prisa. «Paciencia: por lo menos, podré hacer el bien a los pocos que me oyen.»

Por más que tratara de consolarse, sin embargo, no podía evitar cierta exasperación. Su gran proyecto, destinado a eliminar en toda la ciudad, en todo el mundo, toda idea de violencia, toda prepotencia, toda maldad..., le empezaba a parecer un sueño lejano,

un sueño soñado siendo niño, quién sabe cuánto tiempo atrás, en otro mundo distinto.

Con todo, no se había hecho aún de noche cuando la suerte se puso de su parte, pues había un responsable de la televisión recorriendo la ciudad en busca de personajes peculiares que pudiera presentar en un programa de su invención.

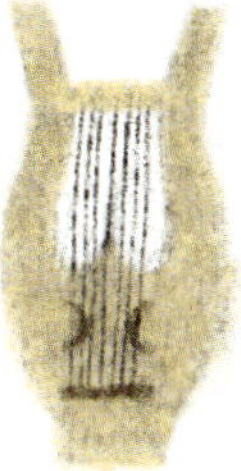

—No sé si seréis conscientes —había dicho a los dirigentes de su cadena—, pero también en una ciudad moderna viven personajes que parecen salidos de un libro del siglo pasado. El afilador, por ejemplo, y también el deshollinador. Hay pedigüeños a la antigua, que se hacen acompañar de un perro al que han amaestrado para sujetar el sombrero con la boca. O los que tocan el pífano, la ocarina, la cítara..., instrumentos del pasado que el público estará encantado de volver a ver y a escuchar, aunque sea un ratito.

—Vale, vale; pero que no sean más de veinte minutos de transmisión...

Y la propuesta llegó al soldado:

—¿Quiere venir a tocar a la televisión?

Ni siquiera sabía qué era todo aquello. Pidió que se lo explicaran y, a medida que comprendía, se le iba iluminando el rostro por la magnífica idea que le bullía en el cerebro.

—¿Y dice que podrán escucharme millones de personas?

—Millones. Y de todo el país. Tocará usted con la armónica esa cancioncilla melancólica que ha hecho sonar hace un momento. Además, se le pagará bien.

—No, por favor: no quiero dinero. De hecho, lo haré encantado...

Por motivos que no se expondrán aquí por falta de espacio, justo para la noche siguiente estaba programada la inauguración de un canal mundial. Cada país tendría cinco minutos de transmisión. A los altos cargos de la televisión nacional, después de haber visto al soldado y su armónica, les pareció original mandarlo precisamente a él como protagonista.

—¿Qué televisión no va a envidiar a un personaje así?

—Es una idea extraordinaria.

—Vaya usted a saber lo que sacarán los americanos o los rusos para asombrar a los telespectadores. En ese momento llegamos nosotros con nuestro hombre, un hombre insignificante con un instrumento casi invisible y que, además, apenas tiene un hilo de voz; de modo que, para escucharlo, al menos contendrán la respiración dos mil millones de personas de todos los rincones del mundo. ¡Poesía! ¡Poesía pura! ¡Será un exitazo!

El soldado solo pensaba en que el sonido de su armónica se oiría en todos los rincones del planeta, en que pondría fin a los odios, a las rivalidades, a la violencia...; sembraría la amistad en todos los continentes: sus débiles acentos caerían sobre toda la tierra como una lluvia de paz. ¡Qué ocasión tan extraordinaria!

El soldado tuvo que echarse mano al corazón, que le latía como un tambor.

«¡Calma, calma! —se decía—. Si no, ni siquiera me será posible tocar.»

Y entonces... Entonces, de repente, de la forma más estúpida, sobrevino el desastre.

El soldado se dirigía en coche al estudio de televisión. Tenía entre los dedos su precioso instrumento, pues le daba pánico perderlo —como había perdido la paga— si se lo dejaba en el bolsillo.

Al mismo tiempo iba hacia allí el responsable de la cadena, que, sin pretenderlo, chocó con el soldado. La armónica salió disparada de entre sus dedos, dio en la puerta del automóvil, cayó al suelo, se metió en una alcantarilla y desapareció.

El soldado se echó al suelo y trató con desesperación de meter la mano en las ranuras de la alcantarilla. Intentó ver algo por ellas, pero no lo consiguió. Dio un grito.

—¡Dese prisa! —exclamaba mientras tanto el responsable de la televisión—. ¿Se puede saber qué hace ahí tirado? Si no nos apuramos, llegaremos tarde.

Desde aquello ha pasado ya mucho tiempo. El soldado sigue buscando su armónica portentosa, recorriendo los espantosos laberintos del alcantarillado, luchando con el miedo y los ratones. Ha registrado todo el subsuelo de la ciudad... y de nada le ha servido. En algún lugar de allí abajo, se sigue oxidando aquel instrumento diminuto.

El soldado está cansado y ha envejecido.

—Ayúdenme —dice—. Que alguien me ayude a encontrar mi armónica. No saben ustedes...

—¿Qué pasa, que es de oro? ¿Está incrustada de diamantes?

La gente se ríe de él en su cara.

—¿Es un recuerdo de su pobre abuela?

Él menea la cabeza desconsolado. Luego se pone a buscarla de nuevo. No tiene derecho a abandonar ni tiene derecho a perder la paciencia quien sabe que de él depende que el mundo sea mejor. Y lo sabemos todos.